TIME FOR KIDS

Bueno para mí
Comida saludable

Sharon Coan

Créditos de publicación

Rachelle Cracchiolo, M.S.Ed., *Editora comercial*
Conni Medina, M.A.Ed., *Gerente editorial*
Jamey Acosta, *Directora de contenido*
Dona Herweck Rice, *Realizadora de la serie*
Robin Erickson, *Diseñadora de multimedia*

Créditos de las imágenes: Portada, pág. 1 ©iStock.com/Funwithfood; págs. 6, 12 ©iStock.com/carlosgaw; pág. 10 (superior izquierda) ©iStock.com/JAJMO, (inferior) ©iStock.com/Monkey Business images; pág. 11 (izquierda) ©iStock.com/Fotofermer, (derecha) ©iStock.com/scanrail; todas las demás imágenes de Shutterstock.

Teacher Created Materials
5301 Oceanus Drive
Huntington Beach, CA 92649-1030
http://www.tcmpub.com

ISBN 978-1-4938-3032-9

Printed in Malaysia
THU001.48806

¿Qué puedo comer?

Come mucho.

Come poco.

Come mucho.

Come poco.

Come mucho.

Come poco.

Bebe mucho.

Bebe poco.

Palabras para aprender

bebe

come